今 恋をしている

ぽひ

文芸社

人生の中で何度
私は恋をすることが
できるだろう？

私の人生だから
私が主役。
どんな物語にする？

何歳になっても
がむしゃらに
恋をしていたい。

あの人からの連絡待って…
でも連絡なくて…
でも待って…
その待つのが
つらくてしんどくて
早く布団に入る。
そして気がついたら朝で
落ちこんだまま１日がはじまる。

ダメ！　ダメ！　そんなんじゃあ！

郵便はがき

料金受取人払郵便

新宿支店承認

883

差出有効期間
平成24年3月
31日まで

（切手不要）

1 6 0 - 8 7 9 1

843

東京都新宿区新宿1－10－1

（株）文芸社

愛読者カード係 行

ふりがな お名前			明治　大正 昭和　平成　　年生　　歳
ふりがな ご住所	□□□-□□□□		性別 男・女
お電話 番　号	（書籍ご注文の際に必要です）	ご職業	
E-mail			
書　名			
お買上 書　店	都道　　市区 府県　　郡	書店名	書店
		ご購入日	年　月　日

本書をお買い求めになった動機は?
1. 書店店頭で見て　2. 知人にすすめられて　3. ホームページを見て
4. 広告、記事（新聞、雑誌、ポスター等）を見て（新聞、雑誌名　　　）

上の質問に 1. と答えられた方でご購入の決め手となったのは?
1. タイトル　2. 著者　3. 内容　4. カバーデザイン　5. 帯　6. その他（　　　）

ご購読雑誌（複数可）	ご購読新聞 新聞

文芸社の本をお買い求めいただき誠にありがとうございます。
この愛読者カードは今後の小社出版の企画等に役立たせていただきます。

本書についてのご意見、ご感想をお聞かせください。
①内容について

②カバー、タイトル、帯について

弊社、及び弊社刊行物に対するご意見、ご感想をお聞かせください。

最近読んでおもしろかった本やこれから読んでみたい本をお教えください。

今後、とりあげてほしいテーマや最近興味を持ったニュースをお教えください。

ご自分の研究成果や経験、お考え等を出版してみたいというお気持ちはありますか。

ある　　ない　　内容・テーマ（　　　　　　　　　　　）

出版についてのご相談（ご質問等）を希望されますか。

する　　しない

ご協力ありがとうございました。

※お寄せいただいたご意見、ご感想は新聞広告等で匿名にて使わせていただくことがあります。
※お客様の個人情報は、小社からの連絡のみに使用します。社外に提供することは一切ありません。

連絡してくれなくてありがとう。

おかげでグッスリ眠れたよ。

お肌の調子もいいし

今日も１日がんばれる！

落ちこむ必要なし！！！

相手が
何を考えているのかわからないから
恋っておもしろいんじゃない？

あきらめないで！

一度や二度壁にぶつかったって

その壁を崩す道具を

私はちゃんと持っているから。

でも　どんな壁で

その壁を崩すにはどの道具が必要かを

間違えないでね。

人を好きになるってすごいこと！

いろんな出会い

いろんな別れ

そのいろんなタイミングが

ぴったり合って初めて

素晴らしい出会いがやってくる！

私は今この恋に
一生懸命か…？

相手の反応ばかり気にして　待って
落ちこんでない？
自分から行動を起こすことが
こわくなってない？
嫌がられるんじゃないか
うっとうしがられるんじゃないか
あの人は私のこと
どう想ってる？

違うよ！

相手の顔色ばかりうかがってる恋は
一生懸命じゃないよね。
自分がしたいことは何？
話したかったら話そう。
会いたかったら会いに行こう。
こわがらないで。

大丈夫。

ぜったい

大丈夫だからね。

今まで何度恋をした？
傷つけることもあった。
傷つくこともあった。
でも
この恋にめぐり合うために
今までの恋が
あったんだと思う。

今日食事に誘ってみよう。
会いたいから
自分から誘うのよ。
相手からどう思われるかなんて
考えない。
相手に遠慮したらダメ！
私の力で相手を圧倒しよう！
振りまわすぐらいの勢いでね。

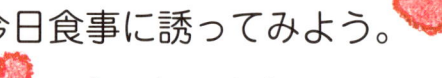

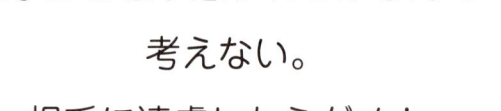

返事がなくても落ちこまないで。

相手にはちゃんと届いているし

相手の心は

私でいっぱいになるから！

さあ　誘ってみよう！

悩んで考えて
思いきって相手にメールを送り
返事を待つ。
ドキドキするよね。
このドキドキ感を楽しもう。
こんなドキドキ感は
めったに味わえるものじゃない。
今は返事がくるとかこないとか
どんな返事がくるかとか
考えない。

今　恋をしている
この気持ちを楽しもう！

この恋

“あきらめた方がいい”

“やめた方がいい”

なんて言わないよ。

がんばれ！

恋愛って

うまくいかない程おもしろいって

言うけど…

不安になるし　さびしいし

自信をなくし

“もう恋なんてしたくない”って思うよね。

でも　でも

うまくいかない程

幸せは倍増するよ！

恋に悩みはつきもの。

でも　いつまでも悩まないで。

気分転換　必要だよ。

今の自分の世界から

とびだすのもよし。

なじみのお店で

お茶をするのもよし。

ただ　その時だけは

あの人のことを考えないでいようね。

今日は

休恋日。

頑張ることは休んで

自然にまかせる時間も必要。

ゆっくりと恋力を充電しよう。

満タンに充電したら

とまることなく

スピードだして走るよ！

よそ見をするのはよし。

でも

決して後ろはふりむかないで！

つまずいたり

ころんだり

でも　確実に

前に進んでるよ。

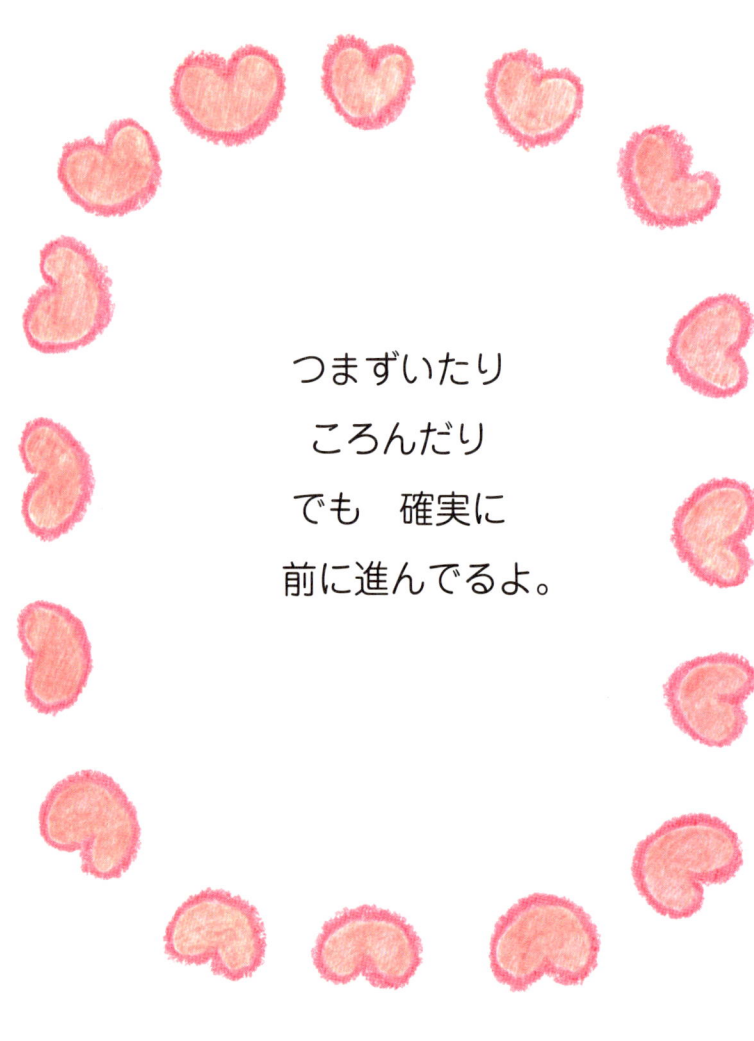

険しい　この恋の道は

私にとって

どんな意味があるのだろう？

この道を

無意味なものにしてしまわないように

しっかりと恋をしたい。

うまくいかない恋の試練は
きっと　意味のあるものだから
自信をもって
前に進もうよ！

好きな人のことを
考える時は明るくね。

暗く考えたら
その暗さに

好きな人が
のみこまれてしまうよ。

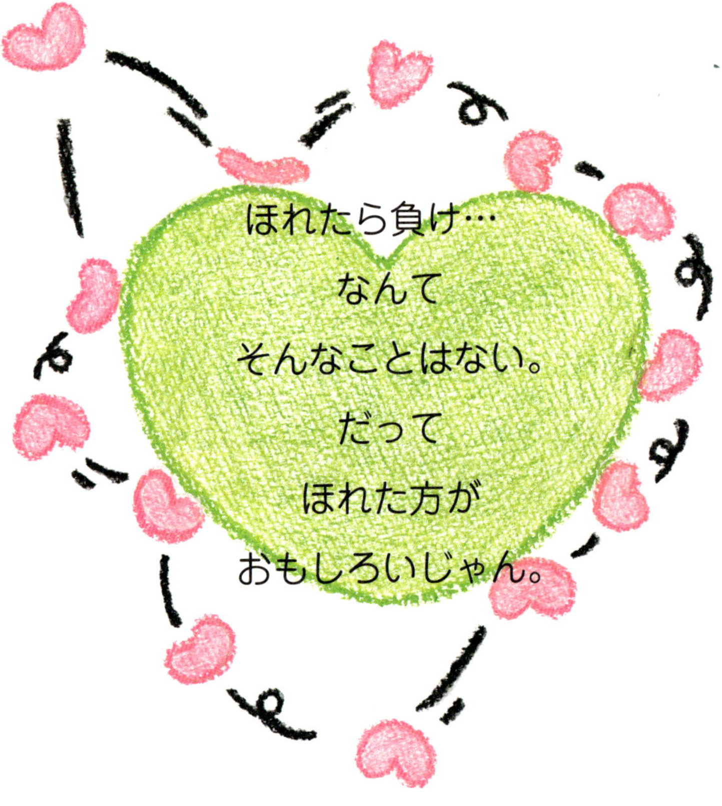

ほれたら負け…

なんて

そんなことはない。

だって

ほれた方が

おもしろいじゃん。

の人に嫌われたくないって

私をつくってない？

いつもあの人のこと考えて

悩んでない？

私は私を

しっかり見て

いっぱいいっぱい

私を好きになろう。

私の好きな私なんだから

絶対大丈夫だよ！

本気の恋ほど
気楽にね。

今　あの人は

何をしているんだろう？

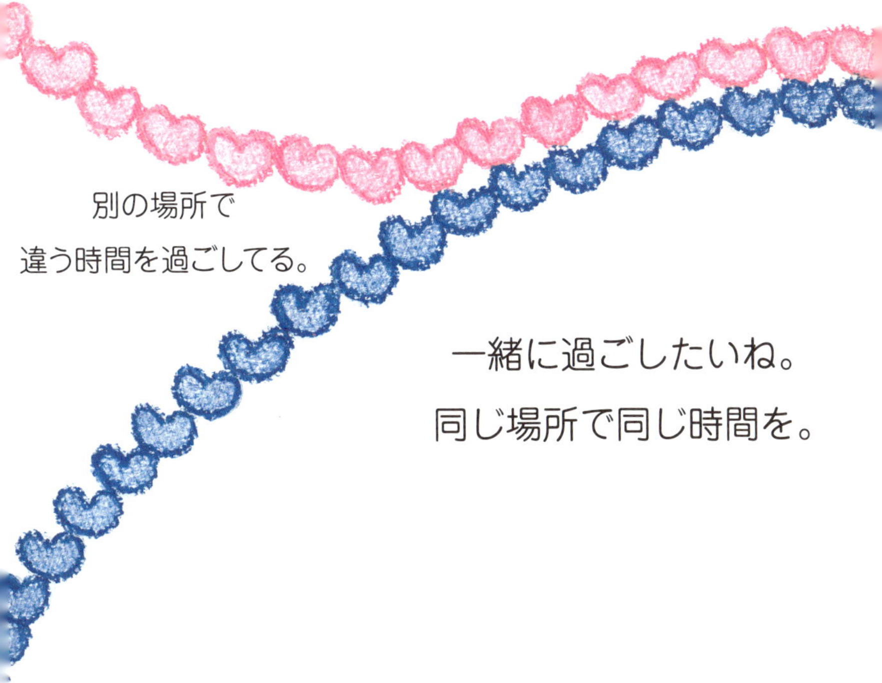

別の場所で

違う時間を過ごしてる。

一緒に過ごしたいね。

同じ場所で同じ時間を。

うまくいかないのは
まだ　この恋を
受けとめる準備が
できていないからだよ。

あと　もう　すこし

この想いは
あの人に届いているの？
不安に思ってたら
不安な想いが
届いてしまうよ。
素直な想いだけ
好きな気持ちだけ
届けよう！

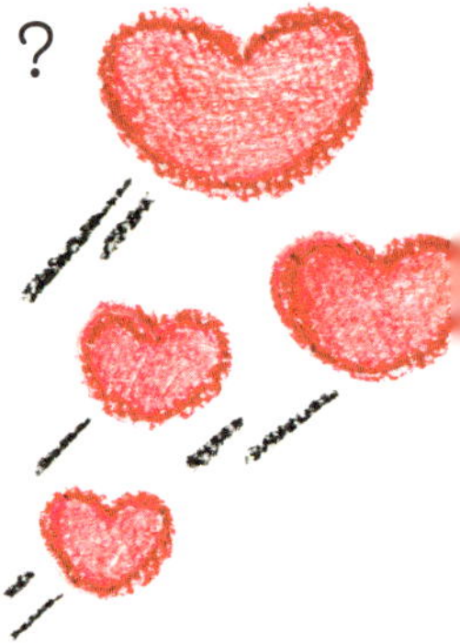

あの人に会ったら
何を話す？

愛を伝えたい。

いつも想っていられる人がいるっていいね。

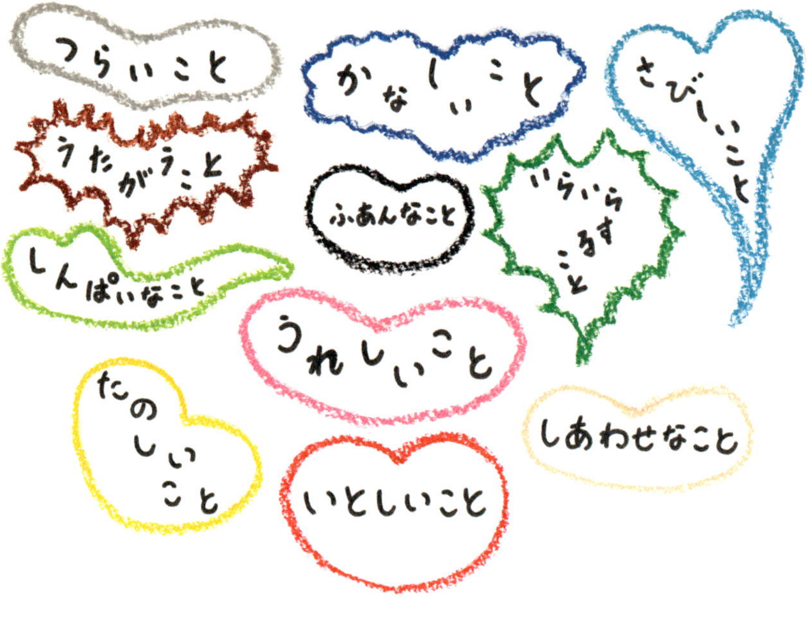
つらいこと
かなしいこと
さびしいこと
うたがうこと
ふあんなこと
いらいらすること
しんぱいなこと
うれしいこと
たのしいこと
しあわせなこと
いとしいこと

全ての感情があって恋になるんだよね。

大恋愛したい？

今　してるじゃない。

久しぶりに恋で泣いた。

泣いたら涙といっしょに

悲しみが流れでた。

だから今

私の中には

幸せしか残っていない。

今の私は
かがやいてる？
今の私は
好き？
それなら　この恋
うまくいくよ。

恋に支配されるのではなく
恋を支配するの。

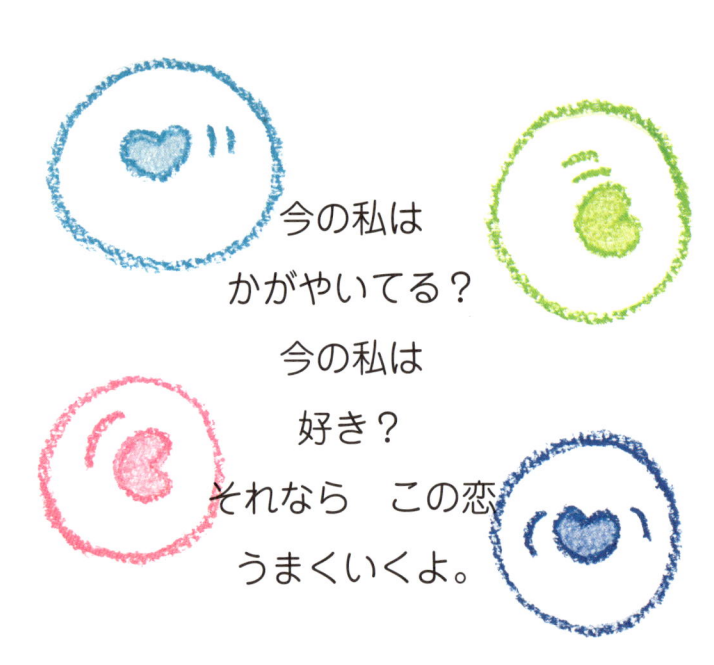

思いどおりにいかない恋だから

もっともっと

きれいになりたいって思える。

どんどん

きれいになっていく

私がうれしい。

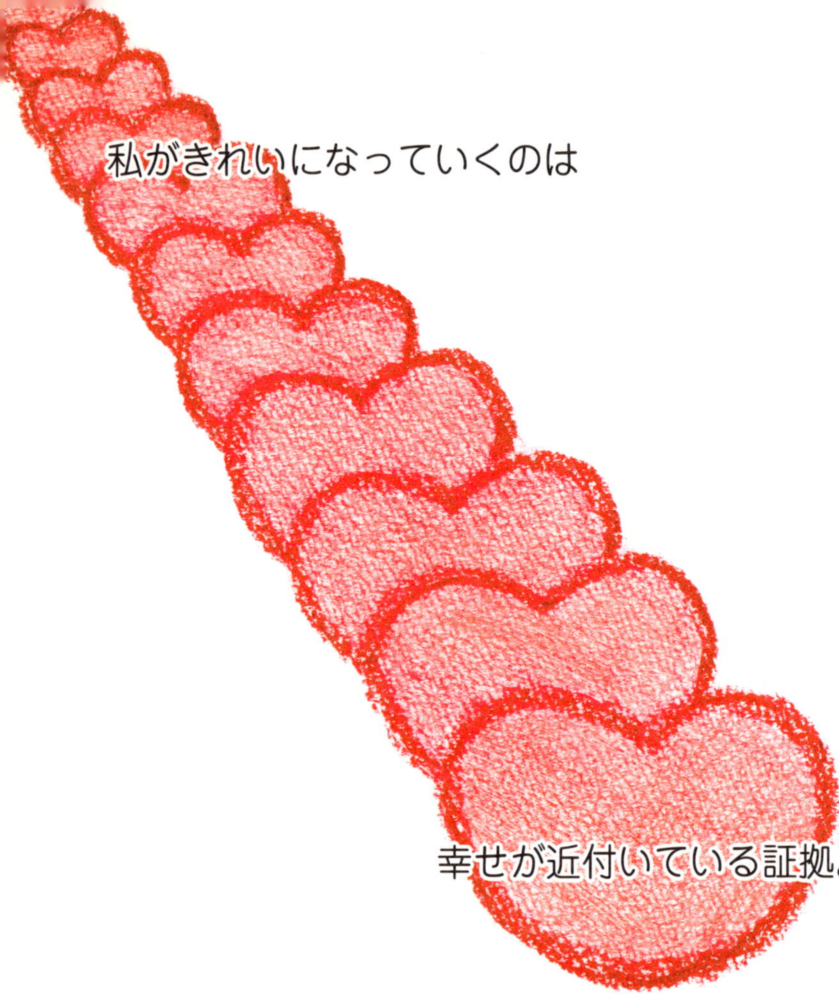

私がきれいになっていくのは

幸せが近付いている証拠。

会えない時間は
会えた時の
幸せ倍増熟成期間。

２人　それぞれが
歩んできた過去。
その過去があったからこそ
２人は出会い
恋におち
新しい未来をつくっていく。

今つらい恋でも
ハッピーエンドになるよ。
だって自分の好きな人と
きっときっと結ばれるから。
大丈夫。

今の気持ちは

今しか味わえない。

恋には

山あり谷あり。

でも山には

いろんな花がきれいに咲き

谷には

清らかな澄んだ水が流れている。

だからのんびりと

まわりの景色を見てすすもうよ。

小さな幸せを

たくさんあつめられるほど

大きな人間になれると思うの。

今日ここにいられて

想う人がいて

それだけで幸せ。

だから　あの人のおかげで

私は大きくなれる。

ありがとう。

もう

ひとおし！

あいするしあわせ

あいされるしあわせ

私はあの人色に染まらない。
だって私は私が好きだから。
そしてあの人も
こんな私が好きだから。

今　恋をしている

私へ――

著者プロフィール

ぽひ

6月6日高知県生まれ。
大学卒業後、医療関係の仕事に従事しながら
大好きな絵や詩を書いている。

今 恋をしている

2010年6月15日　初版第1刷発行

著　者　ぽひ
発行者　瓜谷 綱延
発行所　株式会社文芸社
〒160-0022　東京都新宿区新宿1－10－1
電話　03-5369-3060（編集）
03-5369-2299（販売）

印刷所　東銀座印刷出版株式会社

ISBN978-4-286-08894-5